大偵探
福爾摩斯

—— 肥鵝與藍寶石 ——

SHERLOCK HOLMES

❦ 序 ❦

　　20多年前留學日本時，看過一套電視動畫片集，叫做《名探偵福爾摩斯》，劇中人物全都是狗。這個擬人化手法，把福爾摩斯查案的經過拍得活靈活現，瘋魔了不少日本小朋友，也讓我留下深刻印象。後來才知道，這套動畫片集的導演不是別人，原來就是後來拍了《天空之城》、《龍貓》和《崖上的波兒》的大導演宮崎駿！

　　創作這套《大偵探福爾摩斯》圖畫故事書時，與負責繪畫的余遠鍠老師談起這段往事，我們都覺得這個手法值得參考。但珠玉在前，怎樣才能編繪出不同的變化呢？經過一番討論後，我們決定再激進一點，索性把整個動物世界搬過來，把福爾摩斯變成一隻擬人化的狗、華生就變成貓，其他還有兔子、熊、豹和熊貓等等。

　　於是，在余遠鍠老師的妙筆之下，一個又一個造型豐富多彩的福爾摩斯偵探故事，就這樣展現在眼前了。希望大家也喜歡吧。

厲河

大偵探 福爾摩斯

——肥鵝與藍寶石——

寶石失竊了! 7

街頭毆鬥 16

聖誕禮物 24

帽子的秘密 34

肥鵝胃裏的寶石 45

找尋肥鵝的主人 51

追蹤肥鵝的足跡 69

真正的盜竊犯現身 84

肥鵝吞下寶石的秘密 95

不一樣的聖誕節 109

福爾摩斯科學小魔術－接不住的紙幣 118

登場人物介紹

小兔子

扒手出身，少年偵探隊的隊長，最愛多管閒事，是福爾摩斯的好幫手。

華生

曾是軍醫，為人善良又樂於助人，是福爾摩斯查案的最佳拍檔。

福爾摩斯

居於倫敦貝格街221號B。精於觀察分析，知識豐富，曾習拳術，是倫敦最著名的私家偵探。

李大猩 & 狐格森

蘇格蘭場的孖寶警探，愛出風頭，但查案手法笨拙，常要福爾摩斯出手相助。

亨利・貝克

生活窮困的中年人，小兔子目擊他與流氓打架，引發事件。

莫嘉女伯爵

長年居於酒店的富豪，擁有價值連城的藍石榴石。

占士・拉德

都會大酒店的客房主管。

霍納

為都會大酒店修理水喉的水喉匠，有一妻一女。

布雷肯里奇

綽號「野豬奇」，脾氣大又好賭，家禽攤檔的老闆。

原著或電視劇中的福爾摩斯，
常戴着這個款式的帽子。

寶石失竊了！

「女伯爵回來了。」侍女嘉芙蓮走進都會大酒店莫嘉女伯爵的豪華套房說。

「是嗎？我去看看水喉匠把水喉修理好沒有。」酒店的客房主管占士‧拉德應道，就在這時，他半小時前召來的水喉匠霍納剛好從浴室中出來。

「全部修理好了嗎？女伯爵可最討厭漏水的了。」拉德問道。

「不用擔心，全檢查過了。」霍納有點莫名其妙似的摸摸後腦勺，「水喉好像被人弄鬆了，其實並沒有漏水，我把它擰緊就沒事了。」

快走！

「**別囉唆了！**女伯爵不喜歡看見外人在她房中逗留，快收拾好東西走吧，費用到樓下賬房去結算。」拉德**催促**。

「沒問題，已收拾好了。再見。」說完，霍納就推開房門離開。客房主管拉德以檢查式的目光**環視**了一下房間四周，滿意地點點頭後就緊接着出去了。

就在霍納和拉德離開了兩三分鐘左右，莫嘉女伯爵已回到套房來了，一看就知道她是個**富有**又高傲

的人。她在侍女嘉芙蓮協助下，脫下名貴的皮大衣，並一邊解開頸上的 **項鍊** 一邊說：「快開熱水，我要泡一個舒舒服服的熱水浴。整個早上在外面跑，冷死我了。」

「是的。」嘉芙蓮 **恭恭敬敬** 地回答，然後走進浴室。當她正在埋首準備浴巾和調校熱水的溫度時……

哇呀!! 一陣尖叫響起，嚇得嘉芙蓮連忙衝出浴室，跑到客廳去。只見女伯爵手持一個漂亮的絨布盒子，**渾身發抖**。

哇呀!!

「怎麼了？」酒店的客房主管拉德也聞聲**衝進來**問道。

「我……

我的……

……**藍石**

榴石 不

見了……」

女伯爵聲音

顫抖，眼睛仍死死地盯着空空如也的絨布盒說。

「哎呀！這可不得了。嘉芙蓮，你馬上去報警！」拉德吩咐道，嘉芙蓮向拉德看了一眼，就跌跌撞撞地跑下樓報警去了。

報警！

不一會，我們熟悉的蘇格蘭場孖寶警探李大猩和狐格森匆匆忙忙趕到，他們向女伯爵打了個招呼，再向侍女和拉德問明情況後，馬上作出了判斷。

李大猩滿有信心地向女伯爵說：「放心，我們已掌握了線索，很快就可以逮捕犯人歸案！」

「你們這麼快就知道誰是犯人嗎？」莫嘉女伯爵以懷疑的語氣問道。

「哈哈哈，當然啦。我們蘇格蘭場的警探可

不是白吃飯的。」李大猩得意地說。

「對，經過我們的精密分析，今天到過你這間套房的除了侍女嘉芙蓮和客房主管拉德外，就只有那個水喉匠霍納。毫無疑問，犯人就是霍納！兩年前他曾經因盜竊罪 **被捕**，抓他坐牢的就是我——**狐・格・森**。」狐格森為了讓女伯爵留下印

象，一口氣說了許多。

李大猩眼見被同僚搶了風頭，粗魯地一把推開狐格森，拍馬屁似的向女伯爵說：「那個霍納是積犯，我馬上就去逮捕他，在我李大猩的嚴刑逼供之下，他一定會供出藍寶石的下落，到時就能完璧歸趙了。」

「夠了夠了！我失去了寶石已夠心煩了，不想再聽你們喋喋不休的吵鬧，快給我去把寶石找回來吧！」女伯爵不耐煩地拋下這句話後，就怒氣沖沖的回睡房去了。

狐格森和李大猩面面相覷，並不明白女伯爵為何有這種厭煩的反應。這也難怪，他們一直以為自己是個精明的警探，完全沒有察覺自己的囉唆和自命不凡。

「兩位警探先生，你們是否現在就要去抓霍

納……？他其實是個老實人，會不會有什麼地方
弄錯了……」客房主管拉德說。

「什麼老實人！他有前科，嫌疑最大，在他
還未把寶石脫手之前，**馬上要逮捕他！**」說
完，我們這對孖寶警探丟下拉
德，趕忙找霍納去了。

街頭毆鬥

夜幕低垂，馬路兩旁堆滿沾了泥污的積雪，拉馬車的馬兒喘氣時呼出一卷一卷的白霧，路人都穿上了厚厚的大衣，匆匆忙忙地趕回家去。聖誕節即將來臨，倫敦的天氣也變得越來越冷了。

小兔子也穿着冬天的衣服，獨個兒在路上走着，他正要去找少年偵探隊的伙伴，看看聖誕節有什麼好玩的慶祝活動。去年的聖誕，他和隊員們在大偵探的家裏吃了一頓豐富的火雞大餐，至今還念念不忘呢。

走到一個街角時，右面的小街忽然傳來了一陣激烈的爭吵聲！

「小流氓！別以為我好欺負！」

「臭老頭！走路不長眼睛，竟然碰到老子也不道歉！」

「對！碰到我們大哥也不道歉，想捱揍嗎？」

小兔子從街角探頭往小街窺看，只見一個肩上扛着一隻大肥鵝、頭戴着一頂氈帽的中年人給三個兇神惡煞的小流氓圍着，看來處境頗為不妙，真的動起手來，中年人一定不是三個小流氓的對手。

不過，中年人似乎也深懂打架之道，他為免腹背受敵，一邊揮動手上的傘子，以阻嚇小流氓們接近，一邊不斷後退，退到一間商鋪前面才停下來，背後有商鋪的外牆保護，他就可以集中對付迎面而來的敵人了。不過，他肩上扛着肥鵝，行動並不靈活，看來要以一敵三並不容易。

三個小流氓也絕不放鬆，他們圍成一個半圓向中年人 **步步進逼**。這時，小兔子才赫然發現，兇巴巴的小流氓手上都握着一個啤酒瓶，他們肯定喝了不少酒，碰到了這個趕着回家的中年人，正好用來消消酒氣。

　　「**不要過來！**」中年人一邊大喊，一邊拚命地揮動傘子。

「**哈哈哈哈！**用那傘子給我們擋雪嗎？我們手上有的是玻璃瓶啊！」領頭的流氓大笑，說完，就把手上的啤酒瓶往旁邊的燈柱**一敲**。

「**乓！**」的一聲，小街裏傳來可怕的巨響，只見啤酒瓶的瓶底**碎裂**，露出猙獰的玻璃鋸齒。

中年人大驚，他此時才意識到生命受到了嚴峻的威脅，於是舉起傘子奮力地作勢反擊，突然又傳來「**乓！**」的一聲，原來他揮動傘子時，剛

好擊中他身後商鋪的一扇玻璃窗，不用說，那扇可憐的玻璃窗立即應聲碎裂。中年人自己也給嚇了一跳，手一鬆，肩上的肥鵝就摔在地上。三個小流氓一怔，可能也給玻璃窗碎裂的聲音嚇着了。

小兔子見機不可失，馬上一鼓作氣地吹響清脆的口哨，聽起來像警笛聲的「嗶嗚嗶嗚」響徹夜空。口哨聲一落，小兔子就假裝成年人的聲音躲在街角大叫：「警察來啦！快抓住鬧事的人呀！」

三個小流氓一聽到「警察」來了，不禁大叫：「糟糕！

警察來了！快逃！」二溜煙似的不知逃到哪裏去了。那個中年人慌慌張張地往四周看了一看，也屁滾尿流似的向着小流氓逃走的另一個方向狂奔而去。

街頭毆鬥

警察來啦！

噠噠噠噠

噠噠噠噠

Ⓐ 小兔子
Ⓑ 破了的店鋪櫥窗
Ⓒ 綠色的氈帽
Ⓓ 肥鵝
Ⓔ 中年人
Ⓕ 小流氓

小兔子從街角走出來，街上已空無一人，只見地上遺下了一隻肥鵝和一頂帽子。

Ⓓ

Ⓒ

「那大叔怎麼也逃走了？」小兔子摸不着頭腦，只好扛起地上的肥鵝和撿起那頂帽子，自言自語地道，「難道他作了什麼虧心事嗎？」

小兔子忽然福爾摩斯上身，裝出一副大偵探的模樣，咬着一條紅蘿蔔，頗有自信地想出了那大叔逃走的三個可能性。

① 那肥鵝是偷來的，所以他也要逃走。

② 他以前被警察捉過，所以一聽到警察就跑。

③ 他打破了店鋪的玻璃窗，

　　以為被警察捉到要賠錢，

　　所以逃走。

各位讀者，你們又以為如何？不妨猜猜看。

聖誕禮物

「福爾摩斯先生，**太陽**都曬到頂上來啦！快起床吧！有人找你啊！」房東太太走進睡房，拚命地"搖"仍睡得**死沉沉**的福爾摩斯。

「不要吵，我還未睡夠啊。」我們的大偵探把頭藏在被窩中，死也不肯起床。

「有人送肥鵝來給你**賀聖誕**啊，不要起床看看嗎？」

「什麼？肥鵝？」福爾摩斯聞言，馬上從床上**彈起來**，「我最愛就是吃肥鵝。誰送來的？」

房東太太沒好氣的說：「自己出去看看吧，懶睡精！」說完，就自顧自走出房門，下樓去了。

福爾摩斯穿着睡衣，張着半開半合的惺忪睡眼走出客廳。

「真吵啊！誰給我送肥鵝來了……」

福爾摩斯
伸着懶腰，
正要說
下去時，
一眼瞥見
小兔子站在大

門旁邊，右手提着一隻幾乎與他一樣高的肥鵝，左手則拿着一頂帽子。

「原來是你嗎？你等一等，我去換件衣服。」福爾摩斯說完，就走回睡房去了。

不一刻，福爾摩斯已穿好衣服回到客廳中，這時華生也出來了，看來他也是被房東太太叫醒的。

小兔子一看到兩人，馬上一五一十地把昨晚撿得肥鵝的事說出來，當然，對自己吹口哨嚇跑小流氓的情節更是大加渲染，說得繪影繪聲。

「哦，原來肥鵝就是這樣得來的嗎？唔⋯⋯鵝的腳上綁着一張小紙片，上面還寫着一個女士的

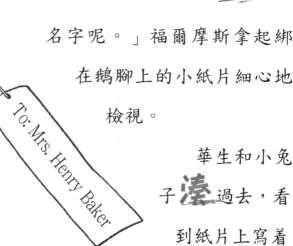

名字呢。」福爾摩斯拿起綁在鵝腳上的小紙片細心地檢視。

華生和小兔子**湊**過去，看到紙片上寫着「送給亨利·貝克夫人」的字樣。

「看來這隻肥鵝是份聖誕禮物，物主想把牠送給一位叫亨利·貝克夫人的女人呢。」福爾摩斯說。

「既然是 **失物**，你該把牠和帽子送到警察局去，為什麼送來這裏？」華生對小兔子說。

小兔子的眼珠子**一轉**，然後吃吃笑地說：「嘻嘻嘻，本來我也是這樣想的。可是，如果沒有人去認領的話，肥鵝會**腐爛**和**臭掉**的啊。所以，我覺得還是先把牠吃進肚子裏最安全，還可

以當作預祝聖誕節呢。」

　　華生聞言有點不高興，以**訓斥**的語氣說：「怎可以這樣，丟失了肥鵝的人會很傷心啊，他可能正在為失去了禮物而**傷腦筋**。我認為必須儘快找出物主，把肥鵝送回去。」

　　「華生先生說得對，我們吃掉了肥鵝的話，如果過兩天找到了物主，那就不好辦了。但小兔子說得也有道理，如果把牠送到警察局，警察只會把牠丟在失物認領處待領，這樣的話，美味的鵝肉很快就會**爛掉**，那就太浪費了。」福爾摩斯**舔一舔**上唇說。

　　「沒辦法啊，總不能把牠吞佔呀。」華生堅持。

　　「唔……這隻肥鵝長得**實在肥**，用來做**燒鵝**一定很美味，聽說房東太太最拿手就是弄燒鵝，我們還是先吃掉再算吧。」我們的大偵探盯着肥

28

鵝的肥腿說着，嘴角已流出口水來了。

「好呀！福爾摩斯先生說得對，**先吃了牠**，找到物主後，再買一隻回來賠給物主不就行了嗎？」小兔子以興奮的聲調叫道，他的腦海裏已浮現出一隻 **香噴噴** 的燒鵝了。

華生想了一下，覺得也有道理，於是說：「好吧，先吃了，找到物主後就買一隻新的回來吧。不過，**誰負責出錢買呢？**這隻肥鵝看來並

不便宜啊。」

　　福爾摩斯和小兔子 **不約而同** 地伸出手指，
指着華生一起說：

　　「**我？為什麼是我？** 不公平呀！你們不吃
嗎？」華生抗議。

　　小兔子理所當然似的說：「肥鵝是我撿到
的，我有功勞，我那一份錢應該免收。何況我是

個窮小孩，華生醫生也不忍心向我收錢吧。」

華生聞言雖然有點 氣結 ，但也覺得有理，於是說：「那麼福爾摩斯先生呢？他沒有什麼貢獻，至少也該付一半錢吧？」

「不對，福爾摩斯先生想到叫房東太太幫手弄 燒鵝 ，這是一個非常有建設性的建議，能提出這個建議就是一個大功勞，可以免付買鵝錢。但華生醫生什麼也沒有做，不是你付錢誰付？」

小兔子說得 頭頭是道 ，華生沒有反駁的餘地，只好認倒霉，說：「算了，算了，就當作送給你這小鬼頭和福爾摩斯先生的聖誕禮物吧。」

「嘩哈哈！太好了！謝謝華生醫生！」小兔子開心得跳起來，一手抓起肥鵝就跑出去，找房東太太弄燒鵝去了。

「哈哈哈，這個小鬼頭的辯才也相當出色呢。華生，你也拿他沒辦法吧。」福爾摩斯笑着說。

「哼，你們兩個一唱一和，我不輸才怪。」華生嘴裏是這麼說，其實他也很喜歡鬼主意多多的小兔子。

帽子的秘密

福爾摩斯撿起桌上的那頂帽子，拿着放大鏡仔細地看了又看。據小兔子目擊時的情況看來，這頂帽子的主人跟肥鵝的物主應該是同一個人。

「這麼普通的一頂帽子，難道你看得出什麼來嗎？」華生問。

「雖然只是一頂很普通的帽子，但從帽子的狀況也可以大概推理出物主是個怎樣的人。」

「真的嗎？我倒想洗耳恭聽呢。」華生顯得興致勃勃，比起吃美味的燒鵝，看來他更有興趣聽我們大偵探的推理。

福爾摩斯翻開帽子的裏面，指着帽邊內側說：「看，這裏以潦草的筆跡寫着H.B兩個英

文字母，應該是物主姓名的**縮寫**。」

「唔，有道理。不過，這點就算外行人也能看出來，不必勞動你這位大偵探呀。」華生故意挑戰一下福爾摩斯。

福爾摩斯微微一笑說：「你說得對，這點實在太簡單，不過，我還看到了氈帽主人的八大特徵呢。」

「什麼？**八大特徵**那麼多？不可能吧。」華生從福爾摩斯手上接過帽子，翻來覆去地看了又看，只是覺得帽子有點兒舊而已，卻看不出什麼來。

「什麼也沒發現嗎？你看得太粗心大意了，其實它隱藏着很多東西啊。」福爾摩斯**如數家珍**般，說出了氈帽主人的八大特徵。

① 他頭上長了不少白頭髮，還是個頭顱特別大的人。

② 他家道中落，現在相當窮困。

③ 不過還很重視儀容細節，要面子，自尊心也比較強。

④ 兩三天前去過理髮，還用過帶點酸橙味的髮乳。

⑤ 不愛外出，很多時間都呆在家中。

⑥ 是個缺乏運動的人。

⑦ 與妻子的關係不太好，

卻又想討好她。

⑧ 因為窮的關係，家中沒有裝煤氣。

　　聽完福爾摩斯一口氣說完這八大特徵，華生覺得實在太過神奇了，啞了半晌才問道：「真的能看出這麼多東西來？有什麼根據？」

　　「根據嗎？當然有。看，這帽子相當大，我戴的話還有很多空隙，物主不是有個大頭顱，怎會戴這麼大的帽子？」福爾摩斯說着，把帽子往

啊！
能看出這麼多東西來？

大頭顱

剛理髮，用過酸橙味髮乳

白頭髮

與妻子關係不融洽

重儀容要面子

多呆在家中少運動

推理圖

自己頭上一放，果然還很

鬆動，一點也不緊。

　　接着，他再用手指擦了

一下帽子的表面說：「這頂

綠色帽的布料質地非常好，襯裡還

用上紅色的絲綢，但已嚴重褪色，一看就知道

戴了不少時日。不過，帽子的外

形還頗堅挺，如果我沒記錯

的話，這是三年前很流行的

款式，價錢並不便宜。」

　　「這麼說，帽子的主人該

生活得不錯，不會是個窮人吧。」華生問。

　　「這倒未必，他買帽子的時候家境該不錯，但

現在已經家道中落了。」福爾摩斯把帽子反過

來，指着上面的一些污漬說，「否則就不會這麼

骯髒還戴着吧。」

「可能他是個比較的人，不想花錢買一頂新的吧。」華生提出另外的可能性。

「不，他應該是個很重視細節的人，只是沒有能力買一頂新的，才勉強戴着它罷了。你看，帽緣兩邊都各釘了一個外加的，這是用來綁上鬆緊帶以防帽子被風吹走的扣帽環。從這點就已經可以看出他處事細心謹慎，這種人大多注意儀容、愛面子和在意別人的目光。」

華生點頭說：「只是現在家境不好，不但沒能力買一頂新的，連綁帽的鬆緊帶也買不起了。」

「話雖如此，一些<u>脫了色</u>的地方，他還是很細心地塗上**墨水**，讓帽子看起來不會太寒酸。這證明帽子的主人還有比較強的<u>自尊心</u>。」

福爾摩斯繼續分析，「不僅這樣，他在兩三天前去了理髮，還塗了<u>酸橙味</u>的髮乳。你看，帽子裏面還有些<u>白髮碎</u>呢。」

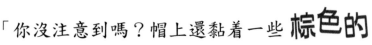

「是嗎？」華生接過帽子，放在鼻子前嗅了又嗅，「唔……果然有點酸橙的氣味。」

「你沒注意到嗎？帽上還黏着一些**棕色的**

絨毛，卻沒有什麼灰黑色的塵，由此可以推斷他常呆在家中，不多外出。」

「為什麼？」

「街上的塵多是 **灰黑色**，但這類絨塵多是來自家中的地毯，帽子上以絨塵為多，足以證明他呆在家的時間比外出的時間為長。」

「唔……也有道理。」華生點頭同意。

「不僅如此。帽子內側有 **濕漉漉** 的汗漬，證明他是個容易 **出汗** 的人，這是缺乏戶外運動的特徵。」福爾摩斯說。

「唔……缺乏戶外運動嗎？從這點看來，也顯示他是個不大外出的人呢。」華生自言自語地補充。

我們的大偵探**狡黠地**一笑，說：「你知道我為什麼猜想他和妻子的關係也不太融洽嗎？」

「我雖然很佩服你的推理，但總不能從一頂帽子猜出人家的**夫婦關係**吧。」華生不太相信。

「嘿嘿嘿，看看他這頂髒帽子不就知道了嗎？如果夫婦關係好的話，他的太太該為他**刷一刷**帽子呀，又怎會這麼髒。」福爾摩斯一語道破。

「啊……」華生**無言以對**，但想了片刻又反駁，「他可能還未結婚，根本沒有妻子。這樣的話，就沒有什麼夫妻關係好壞的問題了。」

福爾摩斯閉上眼睛，深深地**歎了口氣**：

哼！別煩我！

「華生，你實在太大意了。剛才不是看到肥鵝腿上綁着一張小紙片，寫着『送給亨利‧貝克夫人』嗎？還有，帽邊上寫着的那兩個英文字 **H.B**，不就是亨利‧貝克的簡稱嗎？」

「啊！」華生恍然大悟，「就是說，帽子的主人是亨利‧貝克，他是想趁**聖誕節**送一隻肥鵝給他的太太，對嗎？」

「說得對。他可能想用肥鵝來討太太的**歡心**吧。」福爾摩斯說完，指着華生手上的帽子一些污漬，「還有啊，他家中沒有裝煤氣，所以沒有用煤氣燈，夜晚只好用**蠟燭**來照明。看，這裏不是有五六個蠟燭滴下的斑點嗎？」

華生定睛一看，果然有幾點蠟燭留下的斑點：「好厲害！我認輸了，竟然從一頂帽子看出這麼多東西來！你這個人實在太可怕了。」

肥鵝胃裏的寶石

　　福爾摩斯和華生剛好討論完帽子的事情，就聽到外面的樓梯咚咚咚地響起來了，一個人正很快地從樓下跑上來。

　　「不得了呀！」小兔子「嘭」的一聲撞開大門，神色驚慌地說，「不得了呀！那隻肥鵝……那隻肥鵝……」

　　福爾摩斯看到小兔子期期艾艾和氣喘吁吁的樣子覺得好笑，打趣地說：「肥鵝怎麼了？難道牠突

然**復活**飛走了？」

「不是呀！肥鵝的肚子……是肥鵝的肚子，牠肚子裏藏着一顆**藍寶石**呀！」小兔子說出了叫人難以置信的事情。

本來半躺在沙發上的福爾摩斯聞言，不禁**彈跳**似的站起來，問道：「藍寶石？真的嗎？」

小兔子大聲回答：「是真的！房東太太一**剖開**肥鵝的肚子，就滾出一顆藍寶石來了。不信，你到廚房去看看。」

福爾摩斯**雙眼一亮**，知道小兔子不是開玩笑後，就三步併作兩步奔下樓去。遇到

不可思議的事件時，我們的大偵探就會變得異常興奮。華生和小兔子也緊隨其後，衝到樓下去了。

一踏進廚房，只見房東太太拿着刀的右手不住地發抖，雙眼則呆呆地盯着砧板上的肥鵝，看似非常驚慌。不知內裏的人，看到她的這個神情，一定會以為她錯手殺了人呢。

福爾摩斯一手奪去房東太太手上的刀，說：「只是發現寶石罷了，又不是殺了人，不用那麼震驚呀。」

寶…石…

華生從  砧板

上撿起那塊大若雞蛋的**藍寶石**，吞了一口口水說：「好大的寶石啊！難怪房東太太被嚇壞了，我也從沒見過這麼大的寶石啊。」

福爾摩斯接過寶石，**端詳**了一會，忽然想起了什麼似的**眉頭一皺**：「唔……這可是莫嘉女伯爵那塊著名的**藍石榴石**啊。」

房東太太聽福爾摩斯這麼一說，更嚇得**跌坐**在身後的椅子上，因為莫嘉女伯爵的藍石榴石兩天前在她居住的酒店如**水蒸氣**般消失了，更成了倫敦各大報章的頭條新聞，鬧得滿城風雨。

華生聞言也驚愕萬分，他說：「真的嗎？女伯爵那顆寶石價值連城，又怎會給一隻肥鵝吃進肚子裏？不可能吧。」

「**有意思、有意思**。」福爾摩斯把弄着手上的寶石自言自語，「肥鵝胃裏藏寶石，簡直就是

史上最好玩的奇案，真有意思。」

嚇得坐在一旁的房東太太已回過神來，她終於期期艾艾地開口說話了：「我……在報紙上看到一個廣告，說女伯爵已……懸紅1000英鎊找尋……寶石，是真的嗎？」

「什麼？1000英鎊？好大一筆錢啊！」小兔子叫了起來。

「算不了什麼。」福爾摩斯搖搖頭說，「這顆寶石值20萬英鎊，是懸紅獎金的200倍啊。」

「什麼？20萬英鎊？」房東太太驚叫了一下，然後「啪嗒」一聲連人帶椅向後倒下，昏倒在地上。

找尋肥鵝的 主人

在華生醫生和福爾摩斯的 **急救** 下，房東太太很快就清醒過來了，她只是被寶石的高昂價值嚇壞而已，身體並無大礙。休息了一會兒後，小兔子就催促她一起弄 **燒鵝** 去了，在貪吃的小兔子眼中，懸紅的那1000英鎊獎金算不了什麼，還是那肥鵝圓鼓鼓的 **肥腿** 吸引得多。

福爾摩斯二人取走寶石回到二樓，並馬上翻閱前一天的報紙，很容易就找到了莫嘉女伯爵失竊的那段 **新聞**。

「唔……寶石是兩天前失竊的，失竊地點是女伯爵居住的 **都會大酒店**。」福爾摩斯邊看手上的報紙邊說，「報上說嫌疑犯是個叫做約翰·霍

納的水喉匠，失竊當天他正好到女伯爵房中修理喉管，於是順手牽羊，把放在桌上的寶石偷走了。」

華生問：「有沒有談及鵝的事情？」

「沒有。」福爾摩斯搖搖頭，「疑犯死也不認自己偷了寶石，警方仍在調查之中。」

「寶石在肥鵝的胃裏跑出來，看來我們應該先找出肥鵝的物主，即是那頂帽子的主人，再問個清楚才對。」華生建議。

「說得對，我正想這樣。」

福爾摩斯說完，小心翼翼地把那塊藍寶石鎖進保險箱裏，然後在一張字條上這樣寫道：

在古奇街拾得一鵝及一綠色氈帽，亨利‧貝克先生見字請於今晚6時30分到貝格街221號B座領回失物。

福爾摩斯以滿有期待的語氣說：「只要把這個尋找物主的啟事在所有**晚報**刊出來，相信那位貝克先生一定會看到，然後找上門來的。」

說着，他把**字條**摺好，就下樓去了。他到各間報館的晚報下了廣告後，低頭想了想，覺得應去調查一下被捕的疑犯**霍納**，於是又往警局走去。

來到警局門口，正想推門進去，剛好碰着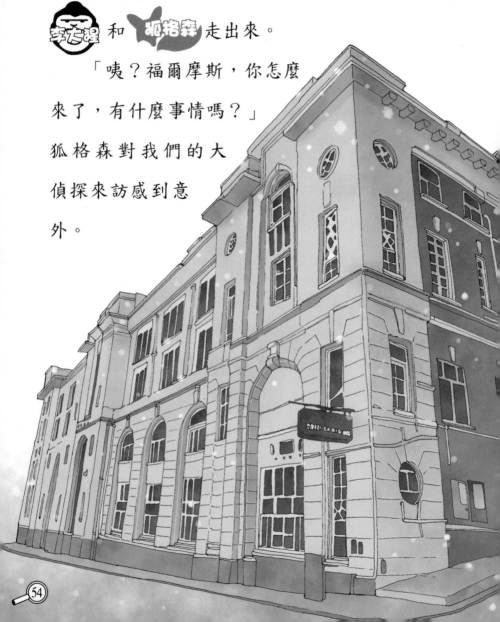和 走出來。

「咦？福爾摩斯，你怎麼
來了，有什麼事情嗎？」
狐格森對我們的大
偵探來訪感到意
外。

「**啊，沒什麼**。我只是想看看那個叫霍納的疑犯罷了。他以前為我修理過水喉，還一直以為他是個老實人，想不到竟然敢偷莫嘉女伯爵的寶石，實在太過分了，所以想來**訓斥**他一下。」福爾摩斯胡扯一番，其實他並不認識霍納。

李大猩聽到福爾摩斯這麼說，立即不放過**自吹自擂**的機會：「哈哈哈！那傢伙是經過我精密的案情分析後抓回來的。雖然他死口不認偷了寶石，但他有**盜竊**的前科，又長得**賊眉賊眼**，我一看就知他不是個好人啦，你怎會把他當作老實人，真沒有眼光。」

福爾摩斯裝出非常認同的樣子，不斷點頭稱是，並故意**誇獎**：「你們這回破了大案，肯定會獲得局長嘉許了。對了，我可以去看看他嗎？」

「當然可以，剛好犯人的妻兒也來了探監，你自己去探監房看他吧。我們有其他事情要辦，先走了。」李大猩感到飄飄然，得到福爾摩斯的讚賞是莫大的榮耀，因為他在我們的大偵探面前一直只有出洋相的份兒。

　　福爾摩斯走進探監房，只見一個中年女人和一個小女孩正隔着小窗與一個說話，那個囚犯看來就是霍納。福爾摩斯沒有走近，他站在門口細聽他們的對話。

　　「我連那塊寶石也沒有見過，又怎會是我偷走的呢。」霍納懊惱地說。

　　霍納的妻子面帶憂傷地說：「我相信你，但怎樣才能洗脫你的嫌疑呢？」

　　霍納搖搖頭說：「我也不知道怎麼辦，只是有一點覺得奇怪。前天酒店管房的拉德先生叫我

到女伯爵的浴室修理漏水的水喉，但那水喉根本沒有壞，

看來只是有人事前把水喉的接口**擰鬆**了。」

「是嗎？但你對警方說了嗎？」

「說了，可是他們就是不信，死要我交出寶石。」霍納顯得非常無奈。

「那怎麼辦啊⋯⋯我們又不夠💰聘請律師⋯⋯」霍納的妻子感到無助地說。

一直站在霍納妻子身邊的小女孩天真地問：「爸爸，你什麼時候回家？你答應過我，聖誕節會送一個*小熊布娃娃*給我的。」

霍納勉強地裝出笑容說：「小麗莎，我很快就可以回家，到時一定會送你一個小熊布娃娃，還要和你一起吃聖誕大餐呢。」說着，卻轉身背向妻女，

掉下了兩行眼淚。

福爾摩斯看在眼裏，想了想，然後就轉身離去了。

接近黃昏六時左右，福爾摩斯回到家中，他手上還多了一隻肥鵝。

「啊，怎麼你也買**肥鵝**回來，一隻還不夠吃嗎？」華生剛好出診完，早了一步回來，看見福爾摩斯手上的肥鵝，感到有點詫異。

「要演一場好戲，少不了道具啊。這是我買來的重要**道具**，不是用來給大家吃的。」福爾摩斯說着，就把肥鵝藏到沙發後面去。

不一會，「**咚咚咚**」門外響起了幾下輕輕的敲門聲，從敲門的聲響看來，已大約猜到來者是個**小心謹慎**的人。

福爾摩斯向華生使了個眼色，華生就走去開門：「久候多時了，你就是亨利·貝克先生吧？請進。」

「是的，我就是貝克。你好。」站在門口的中年人**戰戰兢兢**地回應。

華生細心觀察眼前的這位貝克，心想：「果

然跟福爾摩斯的猜想一樣，有不少白頭髮，頭顱也比常人大。」

「今天天氣很冷，請坐近火爐旁邊吧，這樣就會暖和一點。」福爾摩斯指着火爐旁邊的椅子說。

中年漢子有禮地點一點頭坐下來，擦一擦看來冰冷的雙手，有點遲疑地開口了：「請問……你們真的撿到我那隻肥鵝嗎？」

「當然是真的，還有這頂氈帽呢。」福爾摩斯含着微笑，從茶几上撿起帽子遞給中年人。

「啊！」貝克不掩驚喜，「是我的帽子，雖然已是幾年前的貨色，也很殘舊了，但戴久了有感情，能夠失而復得，實在太好了。」

說完，貝克把帽子試着戴上，露出「看！沒騙你們，大小完全適中」的表情。

「請恕我無禮地問，你為什麼不在報上刊登廣

告找尋失物呢？」華生試探地說。

貝克脫下帽子，有點兒難為情地 **搔搔頭** 說：「其實……說來有點慚愧，我這幾年的環境不太好，廣告費雖然不是很 **貴** ，但也不敢亂花。況且……我以為那幾個小流氓已把肥鵝撿走了，刊登廣告也是 **白花錢** 。還有……我打破了人家的玻璃窗，又沒錢賠……」

我們的大偵探點點頭，表示理解：「原來如此，也有道理。」

貝克 **挪動** 了一下坐在椅上的屁股，吞吞吐吐地問：「事情就是這麼一個緣故。那麼，請問……我那隻…… **肥鵝** 呢？」

「 **給吃了。** 」福爾摩斯答得乾脆利落。

華生聞言吃了一驚！

「什麼？」貝克更驚訝得整個人騰起身子，然後又非常失望地**頹然坐下**，「給吃了？真的吃了我的肥鵝嗎？那……那……本來我一心想送給妻子，讓她開心一下的，現在……」

「不吃反正也會**爛掉**，請恕我們自作主張，先把牠吃了。」福爾摩斯說着，從椅子後面取出剛才買回來的肥鵝，「不過，我們買了一隻新的回來，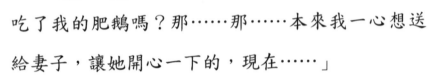不介意的話，用這隻**償還**如何？」

他說完，向華生遞了個眼色。

華生這時才知道，福爾摩斯這麼匆忙買一隻新的肥鵝回來，原來是要**試探**眼前的這位貝克先生。如果他欣然接受新的肥鵝，就證明他根本不知道原本的肥鵝肚中藏了這麼一塊**價值連城**的珍寶。反之，就證明他可能是參與盜竊的一分子。

華生**屏息靜氣**地等待貝克的回答。

貝克大大地**鬆**了一口氣：「哎呀，剛才真的給你嚇壞了，我當然不介意，你這隻看來比我那隻還要**肥**，實在太不好意思了。」

聞言，華生偷看了一下福爾摩斯，期待着他下一步棋如何走。我們的大偵探若無其事地再問：「除了鵝肉給我們吃了之外，你那隻肥鵝的羽毛、腳和胃囊等等內臟還沒有丟掉，你要的話，可以還給你。」

華生暗地裏想：「好厲害，果然是福爾摩斯，輕輕鬆鬆的一問也暗藏玄機！如果貝克要回胃囊，就肯定有嫌疑！」

「哈哈哈，不必了，不必了。」貝克開朗地笑起來，「那些東西拿回去也沒有用，麻煩你給我丟掉吧。」

貝克與失竊無關，他對寶石的事全不知情！

福爾摩斯和華生都肯定了這一點。

「好的。那麼，這隻肥鵝就還給你了。」福爾摩斯說完就遞上肥鵝，並站起來送客。

走到門口，大偵探不經意地忽然一問：「對了，你那隻肥鵝的肉質很好，請問是從哪裏買來的？我也想去那兒光顧呢。」

貝克回過頭來答道：「啊，那是從博物館附近一家叫亞發酒館的店子買來的。那兒的店

主組織了一個『　肥鵝會　』*，每星期供款數個

便士，到了聖誕節就可以換得一隻肥鵝，很多人

參加的啊。」

★小知識★

＊「肥鵝會」有點像香港民間流行一時的「月餅會」，會員每
個月向月餅店供款，到了中秋節就可以換取月餅了。

供款一年
就可得到肥鵝

供款一年
就可得到月餅

追蹤肥鵝的足跡

在貝克離去後，福爾摩斯和華生兩人就趕忙穿上**厚厚**的大衣外出。福爾摩斯一邊走一邊向華生說：「我去報館發廣告時還順道探望了一下那個被捕的水喉匠霍納，李大猩和狐格森已**一口咬定**他是犯人。」

他就是　他！　犯人!!　對！

「那麼你有沒有把實情相告，說已找到寶石了？」華生問。

「當然沒有，說了出來會打草驚蛇，讓真正的犯人有所防備，這樣就很難抓住他了。」

「但那位水喉匠不是很可憐嗎？如果不儘快為他洗脫罪名，他可要在牢獄裏過聖誕啊。」華生擔心地問。

「正因如此，我們必須儘快查明那肥鵝從何而來。」福爾摩斯若有所思地歎了口氣，「那塊藍石榴石真是害人不淺。據報館的記者說，它原來還有一段邪惡的歷史。」

「啊？」華生有點詫異。

「據說，那塊**石榴石**是在中國福建省廈門的河邊挖出來的。這種寶石一般是**紅色**，但這一塊卻是**藍色**，所以顯得特別珍貴，價值也特別高。為了搶奪這塊**碳***的結晶體，已發生了兩宗命案；一次潑硫酸傷人事件；一宗自殺案和數次盜竊事件。所以，人們都說它是塊**不祥之物**。」

*此該為柯南・道爾筆誤。其實石榴石是一種矽酸鹽礦物，那是由矽和氧組成的化合物，廣泛存在於岩石和沙礫之中。

「希望這次不會有什麼**不祥**的事件發生就好了。」華生說。

不經不覺，他們已走到貝克所說的那間亞發酒館了。

兩人**推門**進去，可能還早吧，酒館內只有零星幾個客人。

「歡迎光臨。」酒保說。

「先來兩杯啤酒吧。」福爾摩斯不動聲色，就像平常到酒吧喝酒時那樣說。

「好的。」酒保說着，就轉身去盛酒。

「我的朋友貝克先生說你這兒出售的肥鵝肉質鮮美，啤酒大概也一樣好喝吧？」福爾摩斯打趣地問。

「啊，你是指『肥鵝會』的肥鵝嗎？不過那不是這裏的肥鵝。」

「那麼，是哪兒的肥鵝呢？我也想買一隻呢。」福爾摩斯問。

「是在考文街市的家禽攤檔買回來的，那個攤檔的老闆叫布雷肯里奇，綽號叫野豬奇，我每年聖誕節都從那裏大批進貨，再分給『肥鵝會』的會員。」酒保背着兩人答道。

福爾摩斯向華生使了個**眼色**，放下買啤酒的錢，

就悄悄地轉身離開。兩人在**寒冷的**夜道上加快腳步往考文街市走去，以免攤檔關門撲個空。

果然，走到街市時，有些攤檔已關門了，而他們目標的**家禽攤檔**裏，有一個男人正在收拾鐵籠，看來正在準備關門。

「哎呀！我們來遲了一步嗎？肥鵝已賣光了？」福爾摩斯故意**提高**聲調，裝出失望的語氣說。

在攤檔裏收拾的那個男人看來就是酒保所說

的老闆，他 *斜眼* 看了福爾摩斯和華生一下，有點

厭煩似的答：「今天的早已賣光了，要買就明早

再來吧，不然就到別的地方去買。」

「哎喲，是嗎？」福爾摩斯面露**困惑**的神色，「聽說你這家店子的鵝又肥又大，我才特意走來光顧的。」

「**聽誰說？**」中年老闆以懷疑的口吻問道。

「是亞發酒館的酒保。」大偵探堆起他那招牌的笑臉，「對了，我對肥鵝的**產地**很感興趣，請問你的肥鵝是在什麼地方進貨的？」

鵝店老闆突然**臉色一沉**，不客氣地說：「哼！問這些幹嗎？我為什麼要回答你？滾吧！」

RACING FORM

這時，福爾摩斯注意到這個老闆的圍裙袋裏插着一份馬報，**心生一計**，於是說：「問一問罷了，不用動氣

呀。」

「哼！問這問那的，想知道我的進貨來源，然後搶我的生意嗎？傻瓜才會告訴你！這兩天真麻煩，一個問完又來一個，我哪有空應酬那麼多閒人！呸！」老闆說完，還往地上使勁地吐了一口口水。

福爾摩斯假裝轉身離開，並對華生說：「算了吧，我們這場打賭看來是賭不成了。」

華生有點愕然，他不明白我們的大偵探究竟在說什麼，不知道該如何反應。

不過，老闆聽到「打賭」二字，卻突然精神為之一振，馬上放下手上的工作問：「打賭？你們打賭什麼？」

「沒什麼。」福爾摩斯故作輕鬆，指一指華生，「我只是和這位朋友在爭論，我認為你賣給亞發酒館的肥鵝出自**鄉郊農場**，他卻不同意。於是我就與他打賭，輸了的要付五英鎊。」

「**嘩哈哈哈！**」攤檔老闆剛才的滿面怒容忽然消失，還大笑起來，「老兄，你輸了！我賣給亞發酒館的鵝是在**倫敦市內**飼養的。快付錢給你的朋友吧！」

「不可能！肉質好的肥鵝，一定要在鄉郊野外才能飼養出來！市內地方**狹窄**，怎能養出這麼好的鵝！」福爾摩斯故意假裝生氣地喊道。

「什麼？我賣的難道會不知道來源嗎？不信的話，我們也賭一鋪如何？」老闆向福爾摩斯提出**挑戰**。

「好呀！就賭一個，但你要提出證明。」福爾摩斯掏出一枚金幣，在鵝店老闆面前一晃。

老闆興奮地說：「好！你等着，我要讓你輸得**心服口服**！」說完，就跑到店裏面去拿賬簿。

福爾摩斯向華生使了個眼色，華生這時才知道我們的大偵探又在要計謀，說什麼「打賭」是假的，其實又是為了套取情報罷了。

不一會，鵝店老闆手上拿着賬簿，興沖沖地從店裏走出來。

他在**吊燈**下打開賬簿，翻出其中一頁，並指着上面的記錄說：「看！這就是賣給亞發酒館的肥鵝，共**24隻**，右面還記錄了供貨來源，要看清楚啊！」

福爾摩斯接過賬簿細看，只見供貨來源那一欄上寫着：

奧克特太太，布萊斯頓路117號。

「嘿嘿嘿，怎樣？沒話說了吧。」鵝店老闆擺出一副勝利者的姿態。

Date	Name	Address	Qty.
Dec 23	Mrs. Oakshott	117 Brixton Road	24

「哼！」福爾摩斯**不服氣**似的，把金幣丟在桌上，轉身就走。

「先生，我自小賣鵝賣了20多年，怎會不記得產地來源呢。下次找人家打賭，可要看清楚對手啊！**哈哈哈**！」老闆得意忘形地在他們背後高聲嘲笑。

福爾摩斯和華生有如喪家犬似的離去，但走到鵝店老闆看不到的燈柱下時，兩人就禁不住大笑起來。

「哈哈哈！你真行，**三言兩語**就套取了情報，好厲害啊。說起來，你怎會想到與他打賭的？」華生笑着問。

「很簡單，我看見他**口袋**裏插着一份賽馬日報，就估計他是個喜歡賭的人，我只是**投其所好**而已。」福爾摩斯說。

「原來如此，難怪他一聽到『打賭』，就整個人也變得興致勃勃，還主動把賬簿拿來給你看呢。」華生恍然大悟。

「每個人都有弱點，只要抓住他的弱點攻其無備，就能無往而不利了。好了，下一步該去布萊斯頓路找那位飼養肥鵝的奧克特太太了。不過，留待明天去好，還是馬上去……」

「豈有此理！又是你這傢伙嗎？昨天來問長問短，怎麼今天又來了！快滾！我把奧克

特太太的鵝賣去什麼地方，跟你有什麼關係！」

突然從攤檔那邊傳來一陣 喝罵 聲，打斷了福爾摩斯的說話。原來剛才那個攤檔老闆正在痛罵一個 個子矮小 的男人。

「說了不會告訴你，就不會告訴你！再來纏擾我的話，信不信我動手 打 你！」攤檔老闆舉起 拳頭，作勢要打，嚇得那個矮個子連忙抱頭逃竄，非常狼狽。

福爾摩斯看到這個情景，唇邊 泛起 微笑說：「嘿嘿嘿，華生，得來全不費工夫。看來我們不必去找奧克特太太了。」

真正的盜竊犯現身

　　這時，那矮個子正好向這邊跑來，他嚇得臉色刷白，以為那個攤檔的老闆還真的會追打過來。

　　當他跑到福爾摩斯兩人站立的暗角附近時，我們的大偵探突然竄出，一手攔住了他，並說：「先生慢走。」

「啊！」矮個子男人**嚇**了一跳，連忙退後。

「對不起，我們沒有惡意的。」福爾摩斯張開雙手，以示善意，「剛才聽到你和鵝店老闆的對話，我們或許可以幫忙。」

「你們是什麼人？」矮個子聲音**打顫**，看來他被喝罵後猶有餘悸，還未能回過神來。

「我名叫福爾摩斯，這位是華生醫生。你想知道奧克特太太那批鵝的去向吧？」

「哦？」矮個子狀甚**驚訝**，但又馬上裝作鎮靜地問，「是的，我正在追尋那批鵝的去向。」

這時，天上飄下了雪花。福爾摩斯往天空看一看，又弄一弄頸上的**圍巾**說：「又下雪了，站在這裏說話太冷了，不如到我家裏談如何？」

矮個子想了一下，似有疑慮。華生見狀，也拉一拉衣領和縮一縮脖子，裝出**很冷**的樣子，

拼命擦動雙手說：「快走吧，不然雪越下越大就麻煩了。」

華生的這個動作似乎很有效，矮個子點頭答應了。福爾摩斯和華生兩人暗地裏互瞥一眼，面上露出只有他們兩人才看得出的會心微笑。

剛好有輛馬車經過，兩人截住了馬車，就往貝格街的家開去。一路上矮個子都沉默不語，福爾摩斯和華生亦沒有主動開口，看來各人心內都有自己的盤算。

到了貝格街家裏，矮個子戰戰兢兢地坐在火爐旁邊，福爾摩斯和華生則坐在他的對面，這時，我們的大偵探開口了。

「對了，還沒有請教高姓大名呢。」

我叫約翰·羅賓遜。

「啊⋯⋯我叫約翰·羅賓遜。」矮個子**擠**出勉強的笑容說。

「嘿嘿嘿。」福爾摩斯笑說，「用假名很難談買賣，請說出**真名**吧。」

請說出真名吧。

矮個子一怔，雙頰泛起一抹**羞紅**，他大概沒想到福爾摩斯會如此單刀直入，猶豫了一下，只好吐出真言：「其實⋯⋯我叫做**占士·拉德**。」

「這就對了，在都會大酒店當客房部主管的拉德先

我叫做占士·拉德。

生，對嗎？」福爾摩斯**出其不意**地說。

「啊？」拉德以恐懼又期盼的目光來回地看了一看福爾摩斯和華生，然後又低下頭去，「你都知道了，那麼那批鵝究竟去了……」

「不必找那批鵝了！」福爾摩斯提高聲調打斷拉德的說話，「**你要找的那一隻就在我這裏。**」

拉德聞言立即從座椅上騰起上半身，驚訝地問：「哦！是真的嗎？」

「那是隻全身白色的肥鵝，不過尾端有一圈黑色的毛，是嗎？」福爾摩斯問。

「哦！對了！**就是那一隻**，就是尾端有一圈黑毛那一隻！」拉德興奮得聲音也顫抖起來。

「不過⋯⋯」福爾摩斯稍為一頓，以**鋒利**的目光射向拉德，然後才直擊要點，「那隻鵝非常特別，難怪你對牠那麼感興趣了。因為牠死後竟還**生了個與別不同**的**蛋**，你要不要看看？」

拉德還未來得及回答，福爾摩斯已轉身走去客廳角落，施施然地把**保險箱**打開。拉德緊張萬分又充滿期待地看着。但從他的角度，只能看見福爾摩斯的背面，不過這更增加了他的期待。

從福爾摩斯的動作看來，他似乎已取出了什麼。當他轉身時，拉

德不禁把上身向 *前傾*，眼睛則緊
緊地盯着福爾摩斯的右手。福爾
摩斯右手握着拳，他緩緩地把手張
開，華生和拉德看到其手中物時都不
禁**大吃一驚**！

因為，他手上的竟然是
一隻白得發亮的鵝蛋！

「啊！怎會這樣的？只

是……**一隻鵝蛋**……」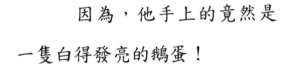

拉德一臉失望，原本已騰起的

屁股，又頹然**跌在椅子上**。

華生也摸不着頭腦，福爾摩斯怎會在保險箱
中掏出一隻真正的鵝蛋來？況且，他明明看見我
們的大偵探把那塊藍寶石放到保險箱裏去的呀！
一隻普通的鵝蛋又何須藏在保險箱之中呢？

不過**謎底**很快就揭開了。

福爾摩斯以質問的語氣說：「拉德先生，你以為一隻肥鵝會生出什麼來？鵝生蛋不是很正常的嗎？」

拉德被這麼一問，才醒悟到自己的反應露出了**馬腳**，連忙期期艾艾地說：「不……沒什麼，只是覺得那隻蛋有點……有點兒大罷了。」

這時，華生才明白福爾摩斯掏出一個早已準備好的鵝蛋，是為了試探拉德的反應，如果他反應正常，就可洗脫嫌疑，否則，就幾乎可以肯定那個偷走寶石的犯人就是他。

「**住嘴！**」福爾摩斯突然屬聲喝道，「你要找的不是鵝蛋，是這個！」

說着，福爾摩斯**猛然伸出左手**。在吊燈的燈光下，他的食指和拇指間閃亮着耀目的**光輝**，華生定睛一看，夾在兩隻手指間的不是別的，正

「呀！」拉德**霍**地站了起來，他睜大那雙充滿貪慾的眼睛盯着藍寶石，不知道該承認還是否認自己才是它的新主人。

「拉德！我已掌握了所有證據，足以證明你偷走了這塊原屬莫嘉女伯爵的藍石榴石，*如不從實招供，馬上就把你抓到警局去！*」福爾摩斯威嚇。

拉德聞言大驚失色，這才醒悟已掉進了福爾摩斯精心安排的**陷阱**，他連忙跪下來求饒：「福爾摩斯先生，請你放過我吧！

我上有高堂、下有妻兒……放過我吧。」說着，他**崩潰**似的掩面痛哭。

「哼！無辜被你陷害的水喉匠約翰‧霍納呢？你有想過他在**獄中**的苦況嗎？他也有妻子和女兒呀！」福爾摩斯嚴詞斥責。

「這……我對不起他，是我……不對……」充滿歉疚的聲音彷彿在牙縫中擠出來似的，微弱得幾乎聽不到。

「好了。把事件經過全部講出來，否則有你好看的。」福爾摩斯催促道。

拉德哭喪着臉，把盜竊寶石的經過**和盤托出**……

肥鵝吞下
寶石的秘密

　　原來，莫嘉女伯爵的近身侍女嘉芙蓮是拉德的**情婦**，她見女伯爵常常從保險箱中拿寶石來欣賞，但有好幾次都忘記放回保險箱裏，於是就**慫恿**拉德去偷。

　　失竊那天早上，嘉芙蓮知道女伯爵與朋友在外有個約會，又看見女伯爵一早起來就把玩寶石，於是故意用其他事情**分散女伯爵**的注意，讓她忘記看完寶石後把它鎖好。

　　待女伯爵乘馬車離開酒店後，嘉芙蓮馬上通知拉德**趁機盜寶**。拉德雖然知道寶石已垂手

可得，但失竊事件發生後必會引起**軒然大波**，在套房能自由出入的只有女侍嘉芙蓮和自己，一定會成為警方重點調查的對象。如要成功偷得寶石又不會引起懷疑，就必須有人**頂罪**，做他們的替死鬼！拉德想到了水喉匠霍納，酒店的水喉都是請他修理的，而他又曾經因為**順手牽羊**而被捕，坐過幾個月牢。他簡直就是一個完美的**替死鬼**！當然，拉德並沒有想過這會毀掉霍納的一生，他想到的只是——霍納是上天賜給他發財的最佳禮物。

替死鬼

於是，拉德馬上偷走了寶石，然後把女伯爵浴室的水喉**擰鬆**，製造出漏水的假象，再馬上召來霍納修理。老實的霍納就是這樣掉下了拉德設下的**陷阱**。

「福爾摩斯先生，其後的事情相信你已知道得很清楚了。一如我所料，警方果然把霍納逮捕了，我和嘉芙蓮都沒有受到懷疑。」拉德仍跪在地上沒神沒氣地說。

「尚算你老實，這些我都猜到了。不過，你還沒有告訴我為何寶石會跑進肥鵝的肚子裏啊。」福爾摩

斯說出了他最感興趣的事情。

「這個……是這樣的……」拉德**目光呆滯**地看着地板，緩慢地憶述起來……

當天，我在警方抓走霍納後，馬上把寶石放進口袋離開了酒店。本來是想回家把寶石藏起來的，但在路上越走就越害怕，彷彿街上的人都在**監視**我似的。走到半路，有兩個警察迎面而來，嚇得我幾乎要**拔足而逃**。其實他們只是路過，對我全不在意。我知道這樣下去，一定會露出馬腳。警探在霍納身上找不到線索，難保他們不會來找我，如果把寶石藏在家中，很容易就讓警方**搜**出來。

我想着想着，剛好經過姊姊家。我忽然想起她早前說過要送一隻鵝給我當作**聖誕禮物**，於是就走去拜訪她了。事後想來，可能是我太**恐懼**了，不敢在街上逗留，只好找個藉口到姊姊家躲避一下。

　　到了姊姊家後，她叫我到放養鵝的後園裏去挑一隻，我也就照着她的吩咐去做了。但一踏進後園，只見那裏有好幾十隻肥鵝，我忽然心生一計，何不把寶石**塞進**鵝的口裏，讓牠吞進肚子藏起來？這麼做的話，就算遇到警察搜查，也不怕**人贓並獲**。想出這個點子後，我覺得自己簡直就是個天才，心情也輕鬆下來。

　　那時，剛好一隻尾巴有圈黑羽毛的肥鵝走到我身邊，我一手就**捉**住牠，並把寶石強行**塞進**牠的嘴巴裏。怎料那隻鵝拚命地「**呱呱呱**」大

呱呱呱—

叫，還用力地拍打翅膀掙扎，我好不容易才把寶石塞進牠的口中。

不過意外就在這時**發生**了。

「怎麼這麼吵？你還未挑選好嗎？」姊姊忽然在我身後說，她是聽到鵝的叫聲而走出來看的。我卻被嚇了一跳，**手一鬆**，那隻肥鵝就掙脫了。我下意識地回頭答話，為免姊姊生疑，更與她寒暄了幾句。

誰料到再回頭時，那隻**肥鵝**已不見了！我**見到**的，只是一大群長得**一模一樣**的肥鵝！

（答案在p.116）

幸好我記得那隻肥鵝尾巴有圈黑羽毛，找了一會就發現了牠，連忙把牠捉住**抱緊**，謝過姊姊後就回家去了。

第二天一早，我帶着肥鵝走去找一個認識的黑市珠寶商，一心想着把鵝**剖開**，就能把寶石賣掉，發一筆橫財。怎料剖開鵝後卻找不到寶石，那時才知道捉錯了鵝，於是又匆匆趕到姊姊家，但她後園裏連一隻鵝的**影子**也沒有，原來她已在大清早把鵝賣給了考文街市的家禽攤檔！

　　當然，我不會就此放棄，向姊姊問明是哪個攤檔後，馬上再趕到考文街市，找到了攤檔的老闆。不過我又去遲一步，那個**頑固**的老闆已一早把鵝賣了，還不肯告訴我賣給了誰。我剛才再去哀求他，是希望他**回心轉意**，但不成功，還給他追打。當時的情景，相信福爾摩斯先生你也看得很清楚。

　　拉德說完後，跪在地上彷彿接受審判那樣，渾身一直在**哆嗦**。福爾摩斯低頭沉思，經過了一段很長的時間，最後，他終於打破沉默：「拉德，你只有**兩個選擇**，一就是讓我把你押到警

察局去，接受法律最嚴厲的制裁；一就是自己去自首，希望可以獲得輕判。」

拉德聞言，不禁掩面痛哭。

福爾摩斯讓他放聲哭了一會，待他情緒穩定下來後繼續說：「拉德，你知道嗎？我沒有義務為警察捉賊，要我親自抓你到警察局，是我最不願意做的事情。我建議你還是接受第二個提議，去自首吧，相信華生醫生也會為你向法官求情的。」說完，他向華生使了個眼色。

華生點頭表示明白，於是接着說：「對，自首吧。你只是在一時的貪念驅使下犯案，只要去自首，相信會得到法官從輕發落的。如有必要，我也會為你求情。」

拉德抹一抹眼淚，無言地點了點頭。

「好了。那麼，我們一起去警察局吧。」說

完，福爾摩斯和華生押着拉德走到街上。這時，剛好有一隊唱聖詩的少女詩歌班經過，她們美妙的歌聲響徹夜空。

那一刻，鵝毛似的雪片亦忽然**紛紛落下**，彷彿要為平安夜的聖詩添加一點浪漫色彩。

「今晚是**平安夜**呢，為這案件跑來跑去忙了一整天，幾乎把聖誕節也忘了。」華生舉頭看着不斷落下的**雪花**，有點感觸地說。

「這是**鵝毛大雪**啊。今年我們與**鵝**真有一點**緣分**呢。」福爾摩斯打趣地說。

不一樣的聖誕節

　　第二天早晨，一對母女匆匆
忙忙趕到了警局，她們走近警局
的門口時，大門

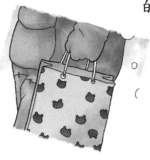

「嘰」一聲被推開了，坐
了三天牢的霍納手上提着一個
紙袋，拖着沉重的步伐從裏
面走出來。他一臉倦容，看來
很疲累。

　　「爸爸!」小女孩見到
了霍納就大喊起來。

　　霍納看到了妻女倆，不禁
熱淚盈眶，他衝了過去，

雙膝跪在雪地裏，緊緊地擁抱着小女兒。

「爸爸，你**為什麼哭呀？**你有什麼不開心嗎？」小女兒不解地問。

霍納被小女兒這麼一問，不禁**破涕為笑**，他摸了摸女兒的腦瓜兒說：「我沒有什麼不開心，其實是見到你太開心、開心得哭起來啦。」

小女兒聽不明白：「開心也會哭的嗎？麗莎不開心才會哭，開心只會笑啊。爸爸開心也要笑，不要哭啊。」霍納和妻子聽到小女兒這一番**天真無邪**的說話，三天來的憂愁也**一掃而空**，

不禁哈哈大笑起來。

「小麗莎說得好！我們不應該哭，一切已經過去了，應該開心地大笑！**哈哈哈！**」霍納開懷大笑，並從紙袋中取出一個 **小熊布娃娃**，「送給你的，這是你的聖誕禮物啊！」

「嘩！好漂亮呀！謝謝你，爸爸！」小麗莎開心地在霍納臉頰上**吻**了一下，緊緊地把小熊抱在懷裏。

霍納站起來，在妻子的臉頰上親了親，有點**歉疚**地說：「讓你擔心了，不過警方已查明真相，偷寶石的人其實是客房主管拉德，他已經自首了。」

「那就好了。我們可以一家三口**歡歡樂樂**地過聖誕了。」霍納的妻子笑着說。

「噢，對了。」霍納忽然想起什麼似的問，

「那個 小熊布娃娃 是你為我準備的吧？剛才離開時，當值的警察交來一個紙袋，說是有人送給我的。」

妻子摸不着頭腦：「沒有呀，我為你的事已擔心死了，連為麗莎準備禮物也忘記了。」

「是嗎？那就奇怪了，是什麼人送來的呢？」霍納想來想去，也想不出是誰。

（各位讀者：你們想到是誰幹的好事嗎？相信已猜到了吧？如猜不到，答案可在第59頁和107頁找到啊。）

「」福爾摩斯打了一個大噴嚏，「唔⋯⋯一定是什麼人在講我壞話了。」

「哪有人會講你壞話，你做了件好事，只有人在背後稱讚你啊。一定是昨天在大雪中奔波了一整天，你着涼了。」華生笑說。

福爾摩斯掏出手帕，擦了一下鼻水，說：「好事嗎？結果可能是如此，但我不是為了做好事才尋根究底的，我只是想知道寶石為何會在一隻肥鵝的肚子裏罷了。」

華生聽到我們的大偵探說起肥鵝，忽然想起：「啊！對了，差點忘了那隻肥鵝，不知道房東太太昨天烤好了沒有？」

各位讀者，
大家想知道那隻肥鵝的命運嗎？

尾部黑色，頭頂白色。

頭頂和尾部都是黑色。

各位讀者，如果你細心觀察的話，應該一早就知道拉德捉錯了鵝。

看！那隻吞了寶石的肥鵝的尾部有圈黑羽毛，但頭頂卻是白色的。

可是，拉德捉走的那隻雖然尾部也有圈黑羽毛，但頭頂卻是黑色的。

觀察事物時小心謹慎，就能看出很多東西來了。

明白嗎？

117

福爾摩斯科學小魔術

接不住的紙幣

我手裏拿着一張紙幣，你在紙幣之間伸出兩隻手指。

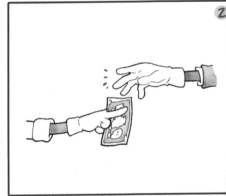

我鬆手時，你要用手指夾住紙幣。夾到的話，錢就送給你。

嘻嘻嘻，你看到我鬆手時才夾紙幣，一定夾不到。

科學解謎

你知道為什麼夾不到紙幣嗎？道理其實很簡單。夾紙幣的過程是：

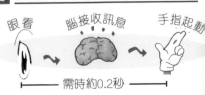

眼看　→　腦接收訊息　→　手指起動

需時約0.2秒

由看到我鬆手到你的手指起動，整個過程需時約為0.2秒。紙幣在0.2秒間下跌的距離是20cm，但紙幣約長15cm，當你看見紙幣跌下想夾住它時，它已跌出你能夾到的範圍。所以，在這種情況下玩這個遊戲，你一定夾不到紙幣的。

my notes

(my name)

大偵探福爾摩斯 ③
肥鵝與藍寶石

原著 / 柯南・道爾
（本書根據柯南・道爾之《The Blue Carbuncle》改編而成。）

改編&監製 / 厲河　　　繪畫&構圖編排 / 余遠鍠

封面設計 / 陳沃龍　　內文設計 / 麥國龍　　編輯 / 蘇慧怡

出版
匯識教育有限公司
香港柴灣祥利街9號祥利工業大廈2樓A室

承印
天虹印刷有限公司
香港九龍新蒲崗大有街26-28號3-4樓

發行
同德書報有限公司
九龍官塘大業街34號楊耀松（第五）工業大廈地下
電話：(852)3551 3388　　傳真：(852)3551 3300

第一次印刷發行　　　　　　　　　　　　　　　2010年12月
第十三次印刷發行　　　　　　　　　　　　　　2020年1月
Text：©Lui Hok Cheung　　　　　　　　　　　　翻印必究
©2010 Rightman Publishing Ltd. All rights reserved.
未經本公司授權，不得作任何形式的公開借閱。

想看《大偵探福爾摩斯》的
最新消息或發表你的意見，
請登入以下facebook專頁網址。
www.facebook.com/great.holmes

ISBN:978-988-77861-7-7
港幣定價 HK$60
台幣定價 NT$270

若發現本書缺頁或破損，
請致電25158787與本社聯絡。

網上選購方便快捷　　購滿$100郵費全免
詳情請登網址 www.rightman.net